# 我就欲來去

Guá tō beh lâi-khì

鄭順聰詩集

# 十四逝詩 Tsa̍p-sì-tsuā-si

目
錄

# 自由詩 Tsū-iû-si

# 心情字 Sim-tsiânn-jī

# 後錄 Āu-lio̍k #130

# 十四逝詩

Tsȧp-sì-tsuā-si

# 愛若失去慾望，彼是火烌

愛若失去慾望，彼是火烌
夜若失去神祕，敢講
佇電火下跤大心氣的
是偷偷仔運搬的烏球

傍你的名我有十四个比喻
茶栽，雾霧，刺，速度的血
按焦涸涸的山的空喙
抛一手拗鬱的網

佇文字的蒂頭
共蟲豸的聲捻掉
露水當飽滇
共夜景略略仔含咧

你著相信烏球的神祕
你著相信火烌中有愛

2016.08.23. 玉蘭村遙望蘭陽平原

路面澹漉漉，樹仔浸霧
覕一隻一隻的鳥，目睭

昨夜，去予眠夢反背的你
指頭仔拗彎掛念未來的無張持
袂輸雪文泡膨起來強欲破去的彼款
弓，佇我的心肝頭略略仔起摵
捘蛆，拍翼，按怎都躘袂出去
水和水相隔界的一條幼長
煞來起霧，煞來憂愁，煞
予夢的彼沿雪文泡含咧
殼薄薄仔無蓋困難
有你的指頭仔拗彎

頭前的路無張無持，樹仔
看一隻一隻的鳥，拍無去

2017.02.26. 高鐵落南

# 路面澹漉漉，樹仔浸霧

# 我啥物攏無紮

我啥物攏無紮
就行對山遐去
掣流的溪水真兇狂
我一絲仔驚惶都無
一跤步一跤步共跤步聲踏予死

冷風共酒醉的喙頓仔肉搧涼
我的影是涼的
溪水是涼的
山嘛是涼
瞑時賰鳥影和線
宛然鹿停跤越頭
定著

我就對遐去
啥物攏無紮

2017.05.27. 北海道層雲峽

# 這條路著愛來行落去

這條路著愛來行落去
日頭按怎燴，按怎逼
按怎予土地滾絞哀啼
這條路猶原愛行落去

胸坎親像一張紙
手來絞，心就凝
艱苦結規毬
敨袂開，裂袂離
路毋知盡尾佇佗位
攑頭看著雲飛過去
共膨紗搰甲遠遠遠
自山過平洋到海彼片

這土地啊有我愛的恁
這條路一定愛行落去

2017.06.24. 送鴻振哥哥

我就欲來去

你講到遮就好

你講到遮就好
我隨停落來
天頂當咧掀角
共駁岸匀匀掠長

魚釣仔欲共對岸的雞籠山
討規番仔澳的鮮沢
雲沐著紅霞
延延延延
船覷港，規排的電火珠仔
掛吊夢的出帆

就莫行遐遠啦
海面略略仔咧眩
略略仔略略仔
共手股頭架予起去

2017.07.09. 北海岸深澳番仔澳

稻仔青瓏瓏就欲飽穗
你像田洋的風溜溜去

天頂的星釣無
煞予天星罟去

思念你性格的鬍鬚
思念你古錐的笑容
對人永遠遐爾仔好
足想欲共你攬一下

傷心的歌我袂曉唱矣
干焦金金看，金金看
看你跮身來離開
像風遐爾仔飄撇

是去佗位釣魚啦
愛會記得轉來喔

2018.10.20. 思念二伯鄭正雄

# 稻仔青瓏瓏就欲飽穗

# 恬靜毋是無聲

恬靜毋是無聲
是共心頭浮出來的字句
鬱卒掛記持，沓沓滴滴拈掉
雨傘攑起來，才聽會著雨的
跤步聲，貓仔行過是無母著
路燈無相看，共彼欉老榕炤予透

我五臟六腑的向望
我卑鄙穢涗的野望

貼底是按怎彎曲的巷仔尾溜
才通共時間捘倒轉
恬靜煞拆破面
跤底有溪水掣流

是自內山偌爾仔重橫的雲捽落來的
按怎對我胸坎鬱牢的所在共沖予破

2019.08.07. 蘇澳街仔

踮原位守傷久
蜂雄雄叮落去
逼我離開這片樹仔林

茂煞煞，就是這款的茂煞煞
予我的心踮遮做岫
孵千千萬萬的蜂蝦

目睭無閒咧遊賞
喘氣是欲來探花
出汗撮清涼的空氣入來
收佇咧蜂后的皇宮內底
出一支針就共青翠的華彩
注入綿著的靈魂

疼是會疼，毋願精神；
離開定著離開，心猶守咧。

2019.08.17. 釧路濕原瞭望台

# 我的歌，會掠人的心

我的歌，會掠人的心
不而過，我唱袂出來
佇濟濟齪齪甚至滾絞的暗暝
敢若聽著彼聲音勻勻仔轉來
是旨意？呼咻？或者就來焄
焄我轉去彼古早古早的田庄
踮砂礐，囡仔大人和曠闊的天地
全浸佇我的歌聲內底，講真好聽
就按呢從去電台，比賽，唱片行
時代和名聲的穎若親像欲來發
煞埋落塗底，埋佇我的心肝頭
真深真疼真久，目一眲五十多

我的歌，這時欲唱出來矣
人的心，敢會好好仔來聽

2019.09.12. 獻予賴香珍女士

# 海沙烏烏

海沙烏烏
予湧抹做白
林投厚刺
脹王梨款的子
起流洘流
共腹肚看斟酌
水流柴佇咧石頭縫歇
癩跤的狗有好心的抱
救人的義士永遠徛佇遐
徛佇遐的義士永遠袂歇
晡軟的時到海墘行行咧
心情就會較開闊淡薄仔

大海的聲嗽直直捲過來
耳仔倒反準做沙咧捲湧

2019.09.18. 宜蘭頭城‧大坑步道

# 千千萬萬的氣味

千千萬萬的氣味
佇我的鼻空內焴開
掠著一絡，通挽瓜攀藤
向拄才仔行過的街仔路遊
浮有的目睫毛，假影笑容
揀一扇光全玻璃門開
色水新嬌姿敧就來迎
佮幼工雕優的品
文化皮肉穿時行青春衫
虛華
猶原虛華的世代猶佇咧
敢若親像跤鬆手弄的遨

礙虐是愛沓毋滴的雨
破枝骨的傘欲死盪幌

2019.09.20. 大稻埕爐鍋咖啡

# 葉仔徛黃時

葉仔徛黃時
我才張持著彼欉樹
枝骨瘦細，踮巷仔內覕鬖
秋尾的風搧規塗跤的金葉仔
我予彼硞硞輾落來的淒涼感著

人咧無爽快
才張持著家己的身體
規日無閒，向外口的浮冇
煞袂記得參家己好聊仔講話
艱苦和苦慘絞做伙死無了時

抾一塊金葉仔，貼踮胸坎寶惜身體
好時日就欲煞，性命你賰偌濟予我

2019.10.31. 踮厝邊仔的巷

浸佇咧花和果子的氣味內底

浸佇咧花和果子的氣味內底
喙空有桃仔、荔枝和蜜轉踅
日頭光覆尻脊骿
目睭仁曝咖啡色
斟酌一首牽磕著腔口的歌
是欲 khù，或者來 khì
世界現此時是一間咖啡廳
坐原位的我躊躇 tsìn 久 tsìn 久矣
啥物是生成的舌，原底的呼音
是按怎，揣袂著正範的歌仔韻
越頭發見窗仔外的景緻
生花濟，較顯目是熟花

氣味縷縷纏纏，早就分袂清
聲說盤舌過齒，空茫面頭前

2019.12.27. 台北華山的咖啡廳

# 我就欲來去

咱對幸福的認捌
是飽滇的色水
或者共無必要的放掉
較贏一絡恬靜

規欉的果子真好
葉仔落了了賰影嘛好

透早，走標出汗後
天光共垃圾相的我洗淨
手拎一本手摺簿仔，筆
共家己掀開

坐火車來去

後一站欲寫的毋是蓋要緊
傍窗仔的景緻
我就欲來去，來去，來去囉

2018.11.04. 長崎大村線電車底

# 自由詩

Tsū-iû-si

# 人攏走佗位去矣？

我徛坦直，柱仔敨一旁
是按怎，囡仔伴猶未來

冬天的風共樹葉搝落來
假做雨雺仔，空中相逐

伊無等待，迌迌甲遐樂暢
我有寄望，影勾勾掠坦橫

2014.11.27

# 光批

閤第二集
完結篇海報新貼公車亭仔
頭集我拄看，目一瞬三年

傷緊我擒不住，行無步
佇城都的空縫，公寓
讓一寡仔暗頭光入來
掠路燈佮樹仔囥配
這張光批
是時間予我的年尾賞金

齷齪，歡喜，焦慮，向望
攏佇這條轉去的路

這世人會閣收著幾張？

光先鋪咧，批莫寄
用家己的影
共烏暗暝寫予透流

2014.12.19

我就欲來去

# 鑿

褪金金的月
焴鐵仔光
削過椰子樹的扁鑽
簷，浮茄仔色的霧
薄縭絲

2015.01.05

# 問答

啥物是山
塗膨起來

厝咧
你逐工拍開的門

詩是啥貨
短短的字

起戇
窗有斗無玻璃

趄有偌趄
等待出世的等待
直接就來到死亡
連鞭或是拖棚
姑不而將

火車佗出發攏全款
坐起去就是頭一站

生，家己哭；
死，別人哭。

2015.02.07. 華文版收佇咧《黑白片中要大笑》

# 社頭永靖

這幫電車的恬靜
袂輪棺柴
皴強力糊的日頭光
膠拉欶（glass）嚢仔愈掌愈黃
個掰手機仔、激戇、目睭瞌瞌
無親像我共個看現現
終其尾予窗外的粟仔欶去

拄過站的是社頭
shuttle，運搬彼个
層鳥仔喙大箍查某人
硞硞喋直直講拚勢啼到永靖
門拍開，這聲拚上車的
是吱蟬

2015.06.12

# 欲暗

閣有幾擺的欲暗仔
像現此時
茄茎的烏欺予黃綿的光
焐出陰鳩

猶閣有幾擺的罅縫
像這馬的心情
代誌重重疊疊
我來吟詩窒縫

蹔踏車，攑風的弓蕉葉仔
摻水無味的紺，古意的天

這擺，就是這擺
莫講濟抑是少，長或短
我串土地的空縫過
佇目睭強欲擘袂開的
日，暝毋是烏暗
是卡一沿薄縭絲的釉
踮我的心底結一沿幽

2015.11.23

我就欲來去

永遠做我的囡仔

人生是時鐘的齒仔　大漢佮臭老敨做伙
時間行了無聲無說　你趄正爿　我欲落山

手牽手　講故事　做馬騎　睏相倚
講笑詼　揲甲哭　四界傱　揣媽媽

頭拄仔你才出世　捧跍手頭惜命命
連鞭我就抱無法　跤踢落隨變大人

向望你笑微微　永遠是一个囡仔
向望你莫大漢　永遠做我的囡仔

2016.03.17

我真好
我恬靜掛堅強
我無著傷

性地干焦一條路
人生到今
咱的隔界萬重山

往過的笑聲和囡仔話
這馬賰冷淡佮計較
連鞭
拳頭拇撼過來

我人好好
我會想辦法解破
空喙捔疼

來！爸爸飼你食！

想你嘛是按呢共我惜
目箍燒紅全目屎
我隨閃
共某囝放咧
踮鬧熱的街仔路
覕佇咧角仔
放予失去控制

哭心疼

我眞害
我是一个毋成囡仔
我足疼

天眞快樂走佗位去矣
現實死硬無法度改變
山俗拳頭拇就是佇遐
佳哉天公伯仔賜我一个所在
放我這个毋成囡仔
哭心疼

2016.03.21

# 彼敢是基隆港邊釣魚仔的人的心情

釣魚仔的人攏足痟的
半暝無欲睏
踮佇遐
守規暗
袂輸咧徛衛兵

恬靜的海面
下跤有尾佇咧振動
使弄水
使弄餌
使弄向望的心情

在港或者是綴流水
按怎攏撨摵袂好勢

老爸硬共囡仔朒來
衫包甲密朒朒
起畏寒
彼支釣篙仔猶原直直
對浮動，對船仔，對月娘
直直的倔強的目睭
毋願放

2016.03.28

# 中洲車頭

客語咬音參華語的
種族相仝
佇中洲，全無日本時代的
雨閘枋崁烏瓦來保安
現代停無久長
著讓時間先過

坐甲滇蓬蓬的人
全頕頭咧掰手機仔

車窗就是我的視窗
鐵厝佮鐵色的塭仔水
閣有鐵鐵遠遠的山
共紅磚佮雜草牽藤
牽滿四界的日頭光落來

網路彼頭的朋友問
鐵枝路遮的我敢是
一个人？

Not Alone, with poetry.

2016.04.23

# 舊城城隍廟

浪板瀉落來的光是直的
我行的路彎斡仔彎斡
佇左營，龍虎塔邊
浮新媽的蓮花
舊城牆賰尾溜

時間踮龜山袂振袂動
街仔路的機車流不停

一粒安全帽是一粒凝心
我的心頭數念著葉老啊
共我講的彼間外省本省
攏拜的廟，就佇我食了
一粒肉圓一粒肉粽參湯
坐踮內底的過水啉紅茶
之時，攑香的手骨浮筋
浪板空縫的光宛然指示

我無欲問事，電波
彼頭的朋友煞問我
一个人？

Not alone, with Gods.

2016.04.24

我就欲來去

# 水手之門

若毋是海的曠闊鑽筋入骨
我袂無鹹無纖佇港的這岸
拄著彼岸的山，共門揀開
雲一絲一絲染五彩的色水
佇遐踅逃的是樓梯的衫仔裾

海湧是恬靜，鳥仔拄離開
路燈頭頕頕，無了時的我
面頭前有一坩焦蔫的花栽
共玻璃、山參水面的變幻
拊拊做一个會幌會歎的夜

2016.08.15

# 毋但是月娘

干焦按呢爾爾
一站時間接一站時間
一條巷路紲一條巷路

按彼頭來到位的
是消失的形影
共風的秋凊送來

一挽手捥透一領領領
一時月娘照一時月光
毋但是按呢爾爾

2016.09.16

# 欲無去的物件

## 魔王

我去電影公司揣頭路
頭家嫌恁爸無夠恐怖
濺血、剁肉、吼破天
不如七溶八溶溶溶去
特效 01010101010000

## 妖精

論秒無論分的性命
我活蹦社會版新聞
一个查埔百个查某
男男女女分分秒秒
麻痺結跍死甲無尾

## 囡仔

我重責任我無愛你
思考人生我無愛你
環遊世界我無愛你
自我完成我無愛你
我是囡仔我無愛你

# 眞鬼

去予瘄藥仔害甲虛 leh-leh
四箍圍仔鼻會著的驚惶
按怎食攏食袂飽的廣告
網路頂頭的風聲有影是
假鬼會轉來我無輪迴了

錢
無夠
去呼人
大樓愛粗
全世界組織
傳慈悲的電波
宇宙光年催落去
喂！喂！小等一下
恁共□□拍交落矣啦

2016.11.06. 原底收佇咧《沉舟記》

# 水煙

佇浴槽仔
水氣拄好共窗仔的光承咧
往過的某當時
我敢有看著這个情境?
是袂記得抑是根本都無
閣有偌濟時間
會當浸佇恬靜當中
共我家己好好仔巡巡咧

人生的半中途
或者就欲了結矣
閣有真濟累累碎碎的代誌
真濟計畫欲做
困難猶原佇遐
我閣有偌濟時間
是紲咧浸咧
或者是
連鞭就行

2017.01.25

冗冗冗

1
心較靜矣
看著天頂紡遐緊的雲
石頭是我

2
忝甲
袂輸毛剃光光的果子猫
毋敢入溫泉

3
行踮空 lo-lo 的機場
橐錢
販賣機彼頭磅一聲

2017.05.24

# 林中記

　　樹仔林敢若有鳥仔的聲，看無形影，跤跡迷茫，聽公的叫一長聲，母的兩短。彼个人，用耳空鬼仔共包起來，內底的板嘹是兩長一短，眞怪奇；直溜溜的樹身宛然窗仔子，共形影切做一橛一橛。伊就行入去，爲著欲抾樹枝佇塗跤寫這首古漢詩：

　　性其玄妙兮，影聲交泰；林中相忘兮，嶙峋其尻脊，孤老時天也。

2017.05.25

霧中意

漸漸稀微樹的意識
漸漸雺霧神的意志

眼前看袂貼底
山佇四箍輾轉

我是沉底的焦枝
佇神的手液坐清

2017.05.26

# 春中雪

冰，是原樣的死
爛，是烏臭的變形

靜中發鳥仔聲
雨滴踮雪面
含穎的花
春的末尾

白茫茫，天是白茫茫
霧共樹身繚一綹一綹的巾
雪就欲死矣
烏爛的變形

2017.05.28

# 暗淡的厝

王梨徙開
下跤的狗蟻亂亂走
電火切予光
尾蝶仔無路烏白傱
雨落遨爾粗
可比擲銀角仔
共厝夯起來頓頓咧
狗蟻和蝶仔總清掉

離開的人
暗淡的光

2017.07.07

# 阿瑙嘛

獅仔和咖啡袂四配
貯霜仔半鈷的阿拉丁神燈
等待的目睫毛燒一條烏焦的痕
報時鐘驚去嚇著粉鳥
長針閬過 12
共天光掃甲清氣溜溜
烏寡婦閣活起來矣,講:

「Aroma,阿瑙嘛
來到我的面頭前
神祕的樹仔林、天星、月眉
收入去哀愁的煙內底
用指頭仔共略略鋏咧
阿瑙嘛,Aroma 啊!」

2017.08.06

# 翼股

鳥仔的喙尖啄破

夜薄薄的彼一沿

厚湯、滒漉漉的烏暗漏洩

世界煞做水

生菇的是路燈

青苔卡一跡一跡的

窗仔門

予沖去無光的所在

鳥仔拚性命展開翼股

可比山，共太陽藏牢牢

2017.10.31

# 田庄趖

燒湯唰衝煙，想欲夾一塊好；
我三掰四斜，是按怎揣袂著？

是這款迌迌，佇田洋四界趖；
我三看四看，終尾敢會揣著。

田庄的路焄我來，焄我來揣風；
田庄的風焄我去，焄我去樂暢。

闊閬閬的田洋，無揣著嘛真爽。
我淺拖仔短褲，就是這款迌迌。

2018.02.04

相疊

母是褙金是抾一領一領的衫
浸踮雲煙，山薄薄一沿一沿
舒踮苦寒的意志和微微起顫的
葉仔尖，雲煙唰揤的露水冰冷

2018.02.11

我就欲來去

# 海平線

咱欲來行一條線
燈塔臭心想的線
一色的天，多變的雲
咱相牽的彼條線

準做崩山也毋驚
海水焦去敢有影
一色的痴，多變的心
聽袂瘥的海湧仔聲

啊！刺鑿的日子風吹偃倒
啊！飄浪的翼股天地來靠
啊！共鳥啼當做手機仔叫
啊！用歡喜的歌詩來通報

咱就來行這條線
燈塔想透暝的線
鹹鹹的味，甜甜的你
暝日佇遮攏袂散

2018.2.12

多面體的靈魂‧維持生存的均衡‧苔乘以光扣除溼潤‧
血‧一晌貪傷‧即到臨的排列‧影子完形‧靈魂‧多面
向的觀看‧修正無用論‧

2018.02.14

多面體的靈魂

# 定格

定定是按呢
雲停佇彼逝山頂頭
就無欲閣振動

有 21 條禁令的海沙埔
（褪光光不准）
共日頭光抹踮皮肉的美人
水道頭關袂牢
烏仁目鏡
猶原是按呢

風帆停佇咧海頂面
就袂記得振動

2018.03.18

因何遐爾仔拗蠻？

生成就傷過頭粗
大漢成做伊該當的自高
可比鹹水內底的海翁
上大龐的彼款形
予愈來愈厚的油弓牢咧
尾溜小掰一下
干焦會當共全款的撒體的聲擠出來
呼、呼、呼、呼……

2018.03.20

傷過大

# 蜂蝦

蜜色的窗仔簾，日頭光
鳥仔亂叫，佇目睭皮內

拄熟似歡喜青春這馬煞倒去無聲
本成是嬰仔成做囡仔向離開而去

就是直直補空欲予眼時前的完滿
直直綿落去，時間按呢消磨落去

哇！浮佇麥仔酒頂頭的彼沿泡
一粒一粒破去，蜜色的幸福感
按怎就無通補，目睭皮隨擘開
彼粒上尾的圓按怎就毋通予破

2018.03.26

# 城市流動・暝日了然

過水的時陣天星就來走來走去
掠過你的頭毛你的喘氣
攏佇仝一个轉踅仝款所在
停歇
佇天星聊聊仔化去的透早
你坐踮街仔路
路面的標線就欲浮現
你的毛尾你的喘氣你攑頭看的目睭
天星
這城市的暝日敢是了然
煞有烏頭毛予你來攬咧

2018.03.26

拄字跤

去予生狂雨潑著的
春天，可比茶甌仔捽倒

詩無辜澹去

我隨行出去，四界去揣
揣暴穎的字來鬥句
天頂若紙按怎就是袂焦
煞有規排的花相爭來押韻

一蕊一蕊開矣

2018.04.17

紀念一个禮拜下晡的意義

今仔日。好光景
日子無想欲出去
床單邊。角半垂
空氣中有一種毀

你和我。我和你
相約來共放予開
無代誌。代誌死
床單的白影來催

海邊當媠我全然無欲去因爲你
你共床單的角放開汗就來消失
時間放予伊來討債明仔載的是
是煙霧上愛的稀微就予伊稀微

煩就煩。瘖罔瘖
空白房間空白覘
噫噫噫。噫噫噫
這是唯一的話語

2018.06.01

057

我就欲來去

# 袂通

聽講水管無水
聽講牆圍倒去
是人就無通過來
四界位滿水
行袂入來

風聲比雨聲大
煩惱比溼氣重
水當時會來
雨當時會停
人無通來
雨無地去

2018.06.19

# 雨的意念

雨珠仔的意念長長短短無相攕
沓沓滴滴著愛攑頭看
樹葉仔尾、雨閘的盡磅、傘
長的是毋知欲落甲當時
短，敢若拄著熟似，問講：
近來敢好？會寒無──
年歲囤偌濟矣？

行這條路（手機仔指示倒幹）
龍眼欉去予洗甲金滑光全

雨存範死的姿勢攏無相全
斜的或直的著傍風的意念
洗清抑是澹糊糊
攏和鳥仔無底代
披落來就是一切
賰聲
和彼个攑傘的人

2018.09.04

# 浮洲

施工危險，請莫近倚
是人攏知影

大水就欲來矣
予人放揀的狗仔踮浮洲
無地覕，吡吡掣

猶原相信神之存在

看對工業區鐵厝頂頭遐去
暗頭仔的霞彩敢若有希望

風騷入去橋仔跤
肢骨重重疊疊宛然
拋荒的聖殿

全世界上高級的靈魂專賣
khǎng-páng 烏白踅，生鉎掛落漆

大水沖走就無去矣
塗沙佇有光的所在
浮出來，放性命予徛

2018.10.07

# 上長的暝

覕佇家己的天星偷偷仔傷悲
月娘無去彼時
烏暗予咱相依倚
說往事，輾目屎，恬靜無聲

看對思念的彼片去

悲傷的天星啊
咱攏佇仝一个夜空
思念的彼个人
敢若閣佇咧身軀邊

袂輪代誌毋捌發生過
袂輪世界十全無欠缺

2018.10.08

# 無頭神

托頭隨回頭
散樹佇後壁
葉仔共日頭光捅捅咧
可比洗衫機紡過的紙票
找金色的零星
失覺察的我

2018.11.01

# 人類巡航注意事項

1
攏佇咧甕仔底，關密密
發射了後，共身軀載遠的是
太空艙，靈魂就交予死亡

2
仝款會爛
用線紩的是千變萬化
皮肉干焦一款太空衫
會大會弓會冗落尾是皺
佗位拍來的神祕訊號

3
蓋大間蓋沉重
向望曆灌燃料好升天
太空船按怎有力猶原
摸袂行

4
去予絞入去絕望的宇宙
一群猴死囡仔當咧凌治
草蜢仔太空人

2018.11.05

# 結網

焦的蜘蛛屍
趁風跙倚來

二樓的窗仔邊
鳥聲是眞規矩

就來坐清
規个人煞勾起來
囊入去蜘蛛屍的空殼
伸長跤，暴憂愁的目

共煩惱一絲一絲吐出來
共向望一隻一隻掉落來

2018.11.06

# 頂晡的小城市

這站好時好日
巷仔內的厝跡兩爿排列
迎接遠兜的山

頂晡仔的日頭好聲好說
煞有店家鐵門摔落來，無開
敢若有足濟代誌猶未做的款

行佇咧清閒的小城市
看建築的秀面，食一粒包仔
拄著全鄉的講欲毛伊的孫仔
按火車頭行對公園去

路是直的，毋過蓋遠

好佳哉日頭光予人世
光全嫶氣，好時好日
有濟濟代誌猶未去做

向望寄佇咧遠兜的山
穩觸，有範，現此時

2018.12.21

# 上尾一秒

看短片到盡尾
手攑咧就講：再會

敢若徛佇咧崁頂
強欲罩烏暗矣
倒絞黃錦錦的光
幸福的雙人，純粹的平洋
閣有海，風圖過來無塊埃
加圖近倚天堂就是按呢
音樂是船載感覺行遠

不三時仔就到盡尾
跤尖和崁頂對齊勻

2019.01.15

振動

宇宙會楦闊做啥物形？
咱逐袂著，敢想會赴？
數字是天星
掠來料算性命的
轉晟，消失的速度
彼一點一滴偷提去的
暗中粒積的
留賭的數值
光，物質，意志。

若佇宇宙內我家己就是這無盡磅空茫的核

2019.07.27

# 傱暝日

湧小小仔拍起來
雲一捆捆相連紲到
海平線頂懸
天的無盡磅

佇山和海的攲縫
我剖開一條路
傱暝日

海是陪伴，恐驚跋落
山有倚靠，嘛是阻擋
有時陪伴有時倚靠
無時阻擋無時跋落

檢采內底有可能
無定著內揣定著

湧拍起來堅凍做重敧片的樹仔
石頭按山坪輾落海底成做
一點氣，我小小仔的意念
欲共山和海的無盡磅拋起來
這領網就展開面頭前的景緻

暗暝愈暗，星就愈光；
海岸愈崎，路就愈長。

2019.08.14

一粒種子輾入去鼓井
我探頭去看水開的花

1
樹皮，算仔壁，頂崁茅仔
張持這細細間的草仔厝
我都踮兩輾矣

行第三回會發生啥代？

四箍圍的樹仔大攤起來，拜天

2
欲來處理彼母沓母屑的代誌
共跤步愈踏愈慢
時間就愈促愈短
焦懆就無去矣

3
滿園鳥聲聽慣勢
敢若無鳥仔彼款
等我欲去聽彼時
煞看著葉仔振動
有風咧搧無感覺
我去揣葉仔的風
鳥仔就佇樹仔頂

八窓庵

無風無搖
無風無搖
無風搖

4
樹影，日頭光，對面來的
行路人，和我一个一个相閃身
我無越頭，就予個
直直來，硞硞去

5
迒這界線過敢好？

通世界攏咧顧規矩
干焦我佇遮躊躇、僥疑、神神
共心槽迒過來、迒過去

6
排佇我面頭前的頭毛
電甲虯虯帶白真忝的款
好佳哉，人生份
上驚和熟似的爸啊母啊
歲月的臭老相對看

7
掐規大包的物仔

坐輪椅的老大人落崎
門鈴響眞久矣
眞久眞久矣
猶無法度離開這間
利便籤仔店

8
徛踮路墘的反光鏡
照青磅白磅的經過
毋捌共色水捾落來
毋捌看過家己的影
干焦伊，看予斟酌
共鏡面拭甲清氣 tam-tam

2019.08.19

# 旅中

咱定定佇旅中趒神
倒絞頂改的迌迌
按算後回的行程
不時為舊地重遊來樂暢

啊現此時暫歇的所在咧？
敢是沬踮茫渺的幻內底？

蓄新的記持是為著共舊的抆捔？

搦一个撟貼的位共行李藏予好
甌仔煞捙倒，我驚一趒蹎起來
人連鞭佇見本櫥頭前，翕相
這情境宛然眠夢過，宛然是
我知影友伴會行迴過巷路
後一个彎斡就佇面頭前矣

佇現此時或者是過去？
是記持或旅中的眠夢？

2019.08.19

# 爲著我唱出來的歌

歌自心肝穎仔霧出來
歌自心肝穎仔霧出來
料想袂到就佇這个時陣
歌就按呢霧霧予出來

有當時仔心情親像
山苦瓜，皺襞襞
勼做一條鬱卒甲

想欲共靈魂弄鬆寡
起膽蹽落去神祕的深林
跤會砧，手會掔
未來毋知有啥物危險啦

順手扰石頭仔來戛
火無起，板嘹煞來奏
歌就按呢霧出來，勻勻
袂輸草洋吹來的大港風
袂輸風蹽湧佇湖面走傱
彼是旋律，彼就是闊闊
滿山的樹就同齊來運聲

爲著我唱出來的歌
爲著我唱出來的歌

—— 2019.08.20
—— 改做嬉班子樂團《赤跤紳士》的歌詞〈山苦瓜〉

# 掛念

壁角的暗影三拗四拗
共一跤篋仔崁牢咧
物仔囥內底，我的
母通磕

生菇也好，漚去
發酵攏無打緊
去予三拗四拗的光束
楦咧，青苔吐舌欲舐
隨予切斷

慢死慢趖慢慢死趖的日子
先用喙含予冷，吐吐出來
飼伊，飼我，無相犯

母敢去掀，礙虐
驚內底有鏡
照露體的我
瘦甲賰骨頭
三拗四拗共這掛念
弓佇遐
必去的聲

2019.08.28

# 風塵女

昨夜的妝猶未落
著愛來出門
風對面來若搧喙顊
人客送我的
就愛笑笑

今日的衫幔起來
Sushi 踅玲瑯頭前
菜一盤一盤轉啊轉
欲捀失心情
無笑無咀

看鏡才知
目睭皮的烏膏
點朱朱眼影
敢講
若欲用手硬共抐掉
就愛開
一世人

2019.11.29

# 心情字

## Sim-tsiânn-jī

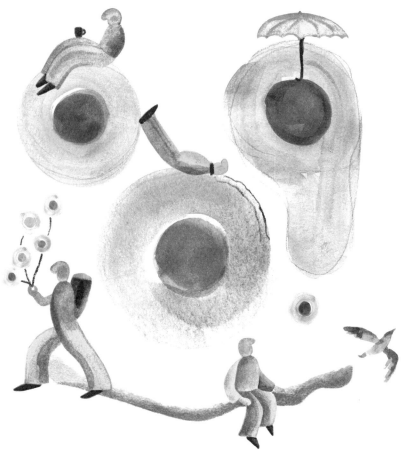

光猶咧孵，紺色暗暗淡規鉼的天，自車內
予我窗仔的框拗彎角度，雲是嗽出來的
滓，連鞭有焱焱爍的日頭來洗汰。

# 心情字 1

咱和死亡啊！總是驚差彼一觸久仔，窮實
是航空飛日夜，閣通睏幾若醒。病煞袂輸
剪綹仔，一睏仔就剪你的日子走。

# 心情字 2

Kng iáu leh pū, khóng-sik àm-àm thuànn
kui phiánn ê thinn, tsū tshia lāi hōo guá
thang-á ê khing áu-uan kak-tōo, hûn sī
sàu--tshut-lâi ê tái, liâm-mi ū iānn-iānn-sih
ê jit-thâu lâi sé-thuā.

# Sim-tsiânn-jī tsit

Lán hām sí-bông--ah! Tsóng--sī kiann tsha
he tsit-tak-kú-á, khîng-sit sī hâng-khong
pue jit-iā, koh thang khùn kuí nā tshénn.
Pēnn suah buē-su tsián-liú-á, tsit-khùn-á
tiō tsián lí ê jit-tsí tsáu.

# Sim-tsiânn-jī nñg

掛心物仔拍無去，焦慒縈纏，想欲共掛心放掉。佇離開前，頭擺買孤逝的保險，單仔抽出來，資料寫寫咧，幾下仔就好。落尾愛簽家己的本名，日頭光斜入來，大主大意，頓手印。

# 心情字 3

跤底踏一粒枕頭，無張持輾落，無意中接接，膨獅獅，滑溜四序，共我的夢踏佇咧雲頂頭，絲絲綿綿，好落眠。

# 心情字 4

Khuà-sim mih-á phah-bô--khì, tsiau-tso
inn-tînn, siūnn beh kā khuà-sim pàng-tiāu.
Tī lī-khui tsîng, thâu-pái bé koo-tsuā ê pó-
hiám, tuann-á thiu--tshut-lâi, tsu-liāu siá-
siá--leh, kuí-ē-á tō hó. Lòh-bué ài tshiam
ka-kī ê pún-miâ, jit-thâu-kng tshiâ--jip-lâi,
tuā-tsú-tuā-ì, tǹg tshiú-ìn.

# Sim-tsiânn-jī sann

Kha-té tảh tsit liảp tsím-thâu, bô-tiunn-tî
liàn--lòh, bô-ì-tiong tsih-tsiap, phòng-sai-
sai, kùt-liu sù-sī, kā guá ê bāng tảh tī-leh
hûn tíng-thâu, si-si-mî-mî, hó lòh-bîn.

# Sim-tsiânn-jī sì

花欉蹛軟晡的影，是凊彩炒炒的雜菜麵，
行李箱軋過，啥物都無改變。干焦過路人
攑手遮日，相招牌的手寫字。

# 心情字 5

飄撇的查埔人斡出來，瞭花台的盡尾，對
彼个當咧溮水的矮鼓講：

久見。

兩人就愈行愈倚，愈行愈倚，自按呢相對
笑，搭肩，毋知咧話啥貨。

# 心情字 6

Hue-tsâng tuà nńg-poo ê iánn, sī tshìn-
tshái tshá-tshá ê tsảp-tshài-mī, hîng-lí-
siunn kauh--kuè, siánn-mih to bô kái-piàn.
Kan-na kuè-lōo-lâng giảh tshiú jia jit, siòng
tsiau-pâi ê tshiú-siá-jī.

# Sim-tsiânn-jī gōo

Phiau-phiat ê tsa-poo-lâng uat--tshut-lâi,
lió hue-tâi ê tsīn-bué, tuì hit ê tng-leh tshū
tsuí ê é-kóo kóng:

Kiú-kiàn.

Nńg lâng tō lú kiânn lú uá, lú kiânn lú uá,
tsū-án-ne sio-tuì-tshiò, tah-king, m̄ tsai leh
uē siánn-huè.

# Sim-tsiânn-jī lảk

我就欲來去

點算豆仔極頂真，研粉幼路，怙絨仔布沖
咖啡的執訣，佇我的喙空轉芳趄味，厚掛
甘。傳老師傅的工夫，翁步頻死去儼硬接
手，人退爾仔老猶原猗佇遘，職人精神。

我有影欣羨，料伊心內定著會浮，煞佇彼
燒湯共絨仔布內的凝心沖開、幾十年仝一
个手勢的不變中，定矣。

我數想彼款定著，直直欲共我生成的躁，
怯膽、傷情和悲觀剁掉，數想甲。

職人會猗佇遘到死去，我四方漂浪，一時
都袂得著。

# 心情字 7

共殼擘開，鹽糝起去，金滑的卵清是地
球，有海，有鹹。

共人類唯一的巢窟咬破，有芳，有熟，有
黃牙牙的飽仁。

# 心情字 8

Tiám-sǹg tāu-á kik tíng-tsin, gíng hún iù-
lōo, kōo jiông-á-pòo tshiong ka-pi ê tsip-
kuat, tī guá ê tshuì-khang tńg-phang-sė̇h-
bī, kāu kuà kam. Thn̂g lāu-sai-hū ê kang-
hu, ang pōo-pîn sí--khì giám-ngē tsiap-
tshiú, lâng hiah-nī-á lāu iu-guân khiā tī
hia, tsit-jîn-tsing-sîn.

Guá ū-iánn him-siān, liāu i sim-lāi tiānn-
tio̍h ē phû, suah tī he sio-thng kā jiông-á-
pòo lāi ê gîng-sim tshiong--khui, kuí tsa̍p
nî kāng tsit ê tshiú-sè ê put-piàn-tiong,
tiānn--ah.

Guá siàu-siūnn hit khuán tiānn-tio̍h, tit-
tit beh kā guá senn-sîng ê sò, khiap-tánn,
siong-tsîng hām pi-kuan tok-tiāu, siàu-
siūnn kah.

Tsit-jîn ē khiā tī hia kàu sí--khì, guá sù-
hong phiau-lōng, tsit-sî to buē-tit-tio̍h.

# Sim-tsiânn-jī tshit


Kā khak peh--khui, iâm sám--khí-khì, kim-
ku̍t ê nn̄g-tshing sī tē-kiû, ū hái, ū kiâm.

Kā jîn-luī uî-it ê tsâu-khut kā phuà, ū
phang, ū sik, ū n̂g-gê-gê ê pá-jîn.

# Sim-tsiânn-jī peh

讀藥包的指示，共鵝管仔一粒一粒拈出來，排踮桌仔面，點兵。形體大細色水無仝，治症頭掠病母。

服用前，煞有一粒扁身的园坦直，徛栺！敢講病好原全矣，著解散軍隊，太平無事變。

# 心情字 9

落雄雨的時陣，地下道滿水，注意。

心肝頭拍袂過，車全擋牢咧，哽胿。

彼濫黕的代誌，一時瀉袂離，喉滇。

# 心情字 10

Thảk iȯh-pau ê tsí-sī, kā gô-kóng-á tsit liȧp tsit liȧp ni--tshut-lâi, pâi tiàm toh-á-bīn, tiám ping. Hîng-thé tuā-sè sik-tsuí bô kāng, tī tsìng-thâu liȧh pēnn-bó.

Hȯk-iōng tsîng, suah ū tsit liȧp pínn-sin--ê khṅg thán-tit, khiā pue! Kám-kóng pēnn hó guân-tsuân--ah, tiȯh kái-sàn kun-tuī, thài-pîng bô sū-piàn.

# Sim-tsiânn-jī káu

Lȯh hiông-hōo ê sî-tsūn, tē-hā-tō buán-tsuí, tsù-ì.

Sim-kuann-thâu phah buē kuè, tshia tsuân tòng-tiâu--leh, kénn-kui.

He lām-tsak ê tāi-tsì, tsit-sî sià buē lī, âu-tīnn.

# Sim-tsiânn-jī tsȧp

掠倚看，草仔一本分枝對對，可比人咧插胳，眞奢颺。一本接一本，枝枝又對對，威風愛展威，聳氣閣聳勢，聳鬚掛風神，囂俳鵮越甲，臭屁臭煬臭衝⋯⋯較輸掠遠來看，一垺臭腥臭賤的草爾爾。

# 心情字 11

爲這斗的拚館，爲千古的名聲，我共劍昚甲極利極癮血，你煞延延直直無來。

踮這小島我等規工，等甲腹肚枵，等甲欲掠狂，日斜西，你才無要無緊划船來。

我是癮血的胡蠅隨從出去，劍絕命大刜你著愛死⋯⋯。

無情的夕陽啊！怎樣你的光並我的鋩長！風吹過的衫破一裂，我的血，共歷史的暗頭仔染甲紅有有。

# 心情字 12

Liáh-uá khuànn, tsháu-á tsit pún hun ki
tuì-tuì, khó-pí lâng leh tshah-koh, tsin
tshia-iānn. Tsit pún tsiap tsit pún, ki-ki
iū tuì-tuì, ui-hong ài tián-ui, sáng-khuì
koh sáng-sè, tshàng-tshiu kuà hong-sîn,
hiau-pai tshio-tiô kah, tshàu-phuì tshàu-
iāng tshàu-tshìng...khah-su liáh-hn̄g lâi
khuànn, tsit pû tshàu-tshènn tshàu-tsiān ê
tsháu niā-niā.

# Sim-tsiânn-jī tsáp-it

Uī tsit táu ê piànn-kuán, uī tshian-kóo ê
miâ-siann, guá kā kiàm huah kah kik lāi
kik giàn-hueh, lí suah iân-tshiân tit-tit bô
lâi.

Tiàm tse sió-tó guá tán kui-kang, tán kah
pak-tó iau, tán kah beh liáh-kông, jit tshiâ
sai, lí tsiah bô-iàu-bô-kín kò-tsûn lâi.

Guá sī giàn-hueh ê hôo-sîn suî tsông--
tshut-khì, kiàm tsuát-bīng tuā phut lí tióh-
ài sí....

Bô-tsîng ê sik-iông--ah! Tsuánn-iūnn lí ê
kng phīng guá ê mê tn̂g! Hong tshue--kuè
ê sann phuà tsit lih, guá ê hueh, kā lik-sú ê
àm-thâu-á ní kah âng phànn-phànn.

# Sim-tsiânn-jī tsáp-jī

花園的後壁門，有一隻鳥仔飛過，猶未關
起來，會當行出去，鬧熱就欲開始。

姿娘仔氣質真好，穿花彼款的嬌衫，倚佇
遐，當咧向望。

向望樂音奏起，歌溫柔仔唱，輕輕踏跤
步，幼秀的手有火，一蕊一蕊，共光明點
予著。

# 心情字 13

票拍毋著，出車頭時，補我的失覺察，順
紲共橐袋仔的銀角仔清清咧。一箍、兩
箍、三……袂輸跋筊咧疊箍子仔，算啊
算，等啊等，等甲站務員面僫去，不足，
欠我一箍槌槌。

# 心情字 14

Hue-hn̂g ê āu-piah-mn̂g, ū tsit tsiah tsiáu-á pue--kuè, iáu-buē kuainn--khí-lâi, ē-tàng kiânn--tshut-khì, lāu-jia̍t tō beh khai-sí.

Tsu-niû-á khì-tsit tsin hó, tshīng hue hit khuán ê suí-sann, khiā tī hia, tng-leh n̄g-bāng.

Ǹg-bāng ga̍k-im tsàu khí, kua un-jiû-á tshiùnn, khin-khin ta̍h kha-pōo, iù-siù ê tshiú ū hué, tsit pha tsit pha, kā kong-bîng tiám hōo to̍h.

Sim-tsiânn-jī tsa̍p-sann

Phiò phah m̄-tio̍h, tshut tshia-thâu sî, póo guá ê sit-kak-tshat, sūn-suà kā lak-tē-á ê gîn-kak-á tshing-tshing--leh. Tsit khoo, nn̄g khoo, sann…buē-su pua̍h-kiáu leh thâ̍h khoo-tsí-á, sǹg--ah sǹg, tán--ah tán, tán kah tsām-bū-uân bīn gām--khì, put-tsiok, khiàm guá tsit khoo thuî-thuî.

# Sim-tsiânn-jī tsa̍p-sì

捔捒的車輪掛佇咧船頭，是海的保身符。

原底交路面咧捘捹，今不時和港岸對扴。

紡緊緊一絲仔落風都母，這馬流糍放爛。

# 心情字 15

走私象的跤蹄，過鹹水共大陸搬徙。

水螺咧霆，敢是象咧吼叫。

鹹水通切斷交通，通切斷象的跤蹄。

只要人欲挃，通大陸通搬徙。

# 心情字 16

Hìnn-sak ê tshia-lián kuà tī-leh tsûn-thâu, sī hái ê pó-sin-hû.

Guân-té kiau lōo-bīn leh tshia-piànn, tann put-sî hām káng-huānn tuì-kė̍h.

Pháng kín-kín tsit-si-á làu-hong to m̄, tsit-má lâu-tsî pàng nuā.

# Sim-tsiânn-jī tsa̍p-gōo

Tsáu-su tshiūnn ê kha-tê, kuè kiâm-tsuí kā tāi-lio̍k puann-suá.

Tsuí-lê leh tân, kám-sī tshiūnn leh háu-kiò.

Kiâm-tsuí thang tshiat-tn̄g kau-thong, thang tshiat-tn̄g tshiūnn ê kha-tê.

Tsí-iàu lâng beh tih, thong tāi-lio̍k thang puann-suá.

# Sim-tsiânn-jī tsa̍p-la̍k

生荒的四枝頡，野草無人劇。麵擔仔有阿
婆，那盹龜那八點檔。放浪。揹仔捎咧，
無了時的頭起步。

水豆油，搵豆油；麵摵仔，摵仔麵；來放
浪，浪來放；頡四枝，四枝頡……

# 心情字 17

水面和天色仝款清冷，我可比海翁霧出來
的沫，對巨大來，消失佇巨大內底。海翁
也仝款，對大海來，消失佇巨大內底。

# 心情字 18

Tshenn-hng ê sì-ki-tàm, iá-tsháu bô lâng thuánn. Mī-tànn-á ū a-pô, ná tuh-ku ná peh-tiám-tóng. Hòng-lōng. Phāinn-á sa--leh, bô-liáu-sî ê thâu-khí-pōo.

Tsuí-tāu-iû, ùn tāu-iû; mī-tshik-á, tshik-á-mī; lâi hòng-lōng, lōng lâi hòng; tàm sì-ki, sì-ki-tàm...

# Sim-tsiânn-jī tsáp-tshit

Tsuí-bīn hām thinn-sik kāng-khuán tshing-líng, guá khó-pí hái-ang bū--tshut-lâi ê phuèh, uì kī-tāi lâi, siau-sit tī kī-tāi lāi-té. Hái-ang iā kāng-khuán, uì tuā-hái lâi, siau-sit tī kī-tāi lāi-té.

# Sim-tsiânn-jī tsáp-peh

歷史是佛塔，棧棧疊懸，是鼓仔燈，一萜一萜相連紲。崎壁下跤咱暫蹰，山隨時會崩，有人曲跤彈自在的琵琶，遠遠的所在敢若有神樂咧奏，是鳳凰的叫聲？囡仔落塗點血跡，大漢的走出汗，結婚紅喜喜，埋草了後凍露冷清。歷史倚山嶺。看大四界的港門，海水闊閬閬，彼了絕的時陣就欲來矣，割讓的條約已經去矣。咱求，咱拜，蹰隨時會崩塌的山壁，自在的琵琶猶原咧彈，神樂對天頂來，鳳凰越頭彫，歷史是佛塔，一棧崩一棧，是鼓仔燈，化去相連紲。

# 心情字 19


高速列車轟轟，聲波斬過城都；玻璃罐仔開開，一粒塩振動中。

# 心情字 20

Lik-sú sī hut-thah, tsàn-tsàn thảh kuân, sī kóo-á-ting, tsit pha tsit pha sio-liân-suà. Kiā-piah ē-kha lán tsiām-tuà, suann suî-sî ē pang, ū lâng khiau-kha tuânn tsū-tsāi ê pî-pê, hng-hng ê sóo-tsāi kánn-ná ū sîn-gảk leh tsàu, sī hōng-hông ê kiò-siann? Gín-á lỏh-thôo tiám hueh-jiah, tuā-hàn--ê tsáu tshut kuānn, kiat-hun âng-hí-hí, tâi-tsháu liáu-āu tàng-lōo líng-tshing. Lik-sú khiā suann-niá. Khuànn tuā-sì-kè ê káng-mnâg, hái-tsuí khuah-lòng-lòng, he liáu-tsuàt ê sî-tsūn tō beh lâi--ah, kuah-niū ê tiâu-iok í-king khì--ah. Lán kiû, lán pài, tuà suî-sî ē pang-lap ê suann-piah, tsū-tsāi ê pî-pê iu-guân leh tuânn, sîn-gảk uì thinn-tíng lâi, hōng-hông uảt-thâu siam, lik-sú sī hut-thah, tsit tsàn pang tsit tsàn, sī kóo-á-ting, hua--khì sio-liân-suà.

# Sim-tsiânn-jī tsảp-káu

Ko-sok liảt-tshia hong-hong, siann-pho tsánn kuè siânn-too; po-lê kuàn-á îng-îng, tsit liảp iâm tín-tāng-tiong.

# Sim-tsiânn-jī jī-tsảp

喙唇畫線，目尾牽線，目睭毛嘛抾做一條
線。

笑會勾人，目瞯勾人，耳鉤玲瑯搖予人心
情振動。

軟略的日頭共寒凊的空氣烌予燒燒，免電
火，路就通俍，爲伊來光全。

# 心情字 21

山寨著眞堅固，予敵軍拍袂入來，跤路彎
彎斡斡，心事看袂透，無直路亦無直樹，
機關安好勢，欲予敵軍中暗箭，落深坑。
塗跤空挖深深，塗庫坫假假，溝仔是欲騙
人的，水堀仔崁草，予無注意栽落去。釘
木柵來隔開，拋過是眞食力，頂頭有刺削
尖利，有毒。牆圍鞏予勇，鑿外狹內闊的
銃空，來予敵軍著埋伏，閃無路來。這跤
蹺的山寨看有臆無，挤入來會揣無路，活
無通出去，死就跕內底，這是用心計較的
設計，無人通拍到柴搭的望高塔，精神的
地標，山寨的上頂懸，大霧若掩來，一切
若親像無去全款，全暗崁起來矣。

# 心情字 22

Tshuì-tûn uē suànn, bák-bué khan suànn, bák-tsiah-mn̂g mā khioh tsò tsit tiâu suànn.

Tshiò ē kau--lâng, bák-tsiu kau--lâng, hīnn-kau lin-long-iô hōo lâng sim-tsîng tín-tāng.

Nńg-liȯh ê jit-thâu kā kuânn-tshìn ê khong-khì ù hōo sio-sio, bián tiān-hué, lōo tō thang-lāng, uī i lâi kng-tsn̂g.

# Sim-tsiânn-jī jī-tsȧp-it

Suann-tsē tiȯh tsin kian-kòo, hōo tik-kun phah buē--jip-lâi, kha-lōo uan-uan-uat-uat, sim-sū khuànn buē thàu, bô tit-lōo ik bô tit-tshiū, ki-kuan an hó-sè, beh hōo tik-kun tiòng àm-tsìnn, lȯh tshim-khenn. Thôo-kha-khang óo tshim-tshim, thôo-khòo thūn ké-ké, kau-á sī beh phiàn--lâng--ê, tsuí-khut-á khàm tsháu, hōo bô-tsù-ì tsai--lȯh-khì. Tn̂g bȧk-sa lâi keh--khui, pha--kuè sī tsin tsiȧh-lȧt, tíng-thâu ū tshì siah tsiam-lāi, ū tȯk. Tshiûnn-uî khōng hōo ióng, tshȧk guā ȯh lāi khuah ê tshn̄g-khang, lâi hōo tik-kun tiȯh bâi-hȯk, siám bô-lōo-lâi. Tse khi-khiau ê suann-tsē khuànn ū ioh bô, lòng--jip-lâi ē tshuē-bô-lōo, uȧh bô-thang tshut-khì, sí tō tiàm lāi-té, tse sī iōng-sim-kè-kàu ê siat-kè, bô lâng thang phah kàu tshâ tah--ê bāng-ko-thah, tsing-sîn ê tē-piau, suann-tsē ê siang tíng-kuân, tuā-bū nā hiannh--lâi, it-tshè ná-tshin-tshiūnn bô--khì kāng-khuán, tsuân àm-khàm--khí-lâi--ah.

# Sim-tsiânn-jī jī-tsȧp-jī

想袂透，豆油遐爾仔鹹，興這味的人毋但
搵，閣食。

予我想起阿爸講過的話，少年時有某一位
朋友，驚去做兵，就逐工啉豆油，啉甲血
反烏，就免做兵矣。

豆菜和高麗菜是換帖的，我講鐵枝燒。

糖和奶精定定佇咖啡杯內底結婚。

我講的是事實，無嘐潲。

# 心情字 23

刁故意／無張持踅路時（窮實是行毋著
去）定定有意外的發現……譬如日挂挂欲
暗的紅霞 *.* 天頂的酒矸摃破了了 *.* 怪
奇停車場 ｛袂輸咧考駕照｝閣有橋跤的烏
輪擔—> 網路無報 <—上歡喜的是佇垯埃
蓬蓬的書店僥著青春時讀的冊閣行轉來原
路矣。

# 心情字 24

Siūnn buē thàu, tāu-iû hiah-nī-á kiâm, hìng tsit bī ê lâng m̄-nā ùn, koh tsiàh.

Hōo guá siūnn-khí a-pah kóng--kuè ê uē, siáu-liân-sî ū bóo tsit uī pîng-iú, kiann khì tsò-ping, tō tàk-kang lim tāu-iû, lim kah hueh huán oo, tō bián tsò-ping--ah.

Tāu-tshài hām ko-lê-tshài sī uānn-thiap--ê, guá kóng thih-pang-sio.

Thn̂g hām ling-tsing tiānn-tiānn tī ka-pi-pue lāi-té kiat-hun.

Guá kóng--ê sī sū-sit, bô hau-siâu.

# Sim-tsiânn-jī jī-tsàp-sann


Tiau-kòo-ì/bô-tiunn-tî sèh lōo sî（khîng-sit sī kiânn m̄-tiòh--khì）tiānn-tiānn ū ì-guā ê huat-hiān...Phì-jû jit tú-tú beh àm ê âng-hê *.* Thinn-tíng ê tsiú-kan kòng phuà liáu-liáu *.* Kuài-kî thîng-tshia-tiûnn {buē-su leh khó kà-tsiàu} Koh ū kiô-kha ê oo-lián-tànn—>bāng-lōo bô pò<—Siāng huann-hí ê sī tī ing-ia-phōng-phōng ê tsu-tiàm hiau-tiòh tshing-tshun-sî thàk ê tsheh koh kiânn--tńg-lâi guân-lōo--ah.

# Sim-tsiânn-jī jī-tsàp-sì

透早，放一首手琴曲，賞一幅油畫，早頓
有咖啡，時間毋免厚，讀一篇散文就好，
紙薄薄仔，心事無。

# 心情字 25

店猶未開，日頭光就軁入去見本櫥，共衫
熨予燒。

鈕仔無鈕，起翹的領開開，衫笑矣，日頭
嘛歡喜。

時鐘像地球咧踅，店連鞭開，大樓食光一
寸一寸。

明仔載閣來耍！若準無雨無雲，若準季節
袂替換。

# 心情字 26

Thàu-tsá, pàng tsit siú tshiú-khîm-khik,
siúnn tsit pak iû-uē, tsá-tǹg ū ka-pi, sî-kan
m̄-bián kāu, thȧk tsit phinn sàn-bûn tō hó,
tsuá pȯh-pȯh-á, sim-sū bô.

# Sim-tsiânn-jī jī-tsȧp-gōo

Tiàm iáu-buē khui, jit-thâu-kng tō nǹg--jip-
khì kiàn-pún-tû, kā sann ut hōo sio.

Liú-á bô liú, khí-khiàu ê niá khui-khui,
sann tshiò--ah, jit-thâu mā huann-hí.

Sî-tsing tshiūnn tē-kiû leh sėh, tiàm liâm-
mi khui, tuā-lâu tsiȧh kng tsit tshùn tsit
tshùn.

Bîn-á-tsài koh lâi sńg! Nā-tsún bô-hōo bô-
hûn, nā-tsún kuì-tseh buē thè-uānn.

# Sim-tsiânn-jī jī-tsȧp-lȧk

「話是風，字是蹤」，心肝頭有話，著愛寫落來，親像甘願字、手尾字彼款，毋才有根據。

若無空喙哺舌，時到和往過的家己起交纏，講過無欲認，就會話袂煞，冤袂了，觸纏不盡。

楓葉跡跡絳，山深倚冬早智覺，鯉魚浮水紅。

"Uē sī hong, jī sī tsong", sim-kuann-thâu ū uē, tiȯh-ài siá--lȯh-lâi, tshin-tshiūnn kam-guān-jī, tshiú-bué-jī hit-khuán, m̄-tsiah ū kin-kì.

Nā-bô khang-tshuì-pōo-tsih, sî-kàu hām íng-kuè ê ka-kī khí kau-penn, kóng--kuè bô beh jīn, tō ē uē buē suah, uan buē liáu, tak-tînn put-tsīn.

# Sim-tsiânn-jī jī-tsȧp-tshit

Png-hiȯh jiah-jiah kàng, suann tshim uá tang tsá tì-kak, lí-hî phû tsuí âng.

# Sim-tsiânn-jī jī-tsȧp-peh

查某囡仔是欲小心適一下爾爾。

青春美麗共偸眇伊的人題緣金。

指甲仔尾修予婎氣好來拈鬮仔。

趒去圓栱橋頂倒頭园就笑吻吻。

# 心情字 29

太陽切落去山後壁,光被透薄,淺淺的茄
仔色帶紅幻,宛然蓮藕粉片片溶水,欲暗
仔的感慨就膏膏落喉矣。

# 心情字 30

Tsa-bóo-gín-á sī beh sió sim-sik--tsit-ē niā-niā.

Tshing-tshun bí-lē kā thau siam ī ê lâng tê-iân kim.

Tsíng-kah-á-bué siu hōo suí-khuì hó lâi liam-khau-á.

Tiô khì uân-kong-kiô tíng tò-thâu khǹg tiō tshiò-bún-bún.

# Sim-tsiânn-jī jī-tsáp-káu


Thài-iâng tshiat--lóh-khì suann āu-piah, kng pī thàu-pòh, tshián-tshián ê kiô-á-sik tài âng-huánn, uán-jiân liân-ngāu-hún phiàn-phiàn iûnn tsuí, beh-àm-á ê kám-khài tō ko-ko lóh-âu--ah.

# Sim-tsiânn-jī sann-tsáp

踮十字路口遨，無法度脫離；白衫人騎烏
馬，步頻傱過去。

# 心情字 31

伊西裝的橐袋仔，楔紅色的巾仔，摺甲眞
好勢。褲跤尾敢若予風裁剪，節甲拄仔
好。牽礙著伊啊，其他的攏毋知，干焦知
影擎紮。

# 心情字 32

Tuà sip-jī-lōo-kháu gô, bô-huat-tōo thuat-lī; peh-sann-lâng khiâ oo-bé, pōo-pîn tsông--kuè-khì.

# Sim-tsiânn-jī sann-tsap-it

I se-tsong ê lak-tē-á, seh âng-sik ê kin-á, tsih kah tsin hó-sè. Khòo-kha-bué kánn-ná hōo hong tshâi-tsián, tsat kah tú-á-hó. Khan-khap tioh i--ah, kî-thann--ê lóng m̄ tsai, kan-na tsai-iánn pih-tsah.

# Sim-tsiânn-jī sann-tsap-jī

有人佇車頭的大廳調音，撼頭仔損落鋼
線，音懸低粗幼對鋼琴來，車東南西北對
四面去，共鐵枝路磨音。

# 心情字 33

工場通照業主的需求，起各式四角的形。

島是自然生成的，袂照人的意志來雕形。

晟養囝仔，是人工島的墘，有工場來形。

# 心情字 34

Ū lâng tī tshia-thâu ê tuā-thiann tiâu im, hám-thâu-á kòng lỏh kǹg-suànn, im kuân-kē-tshoo-iù uì kǹg-khîm lâi, tshia tang-lâm-sai-pak tuì sì-bīn khì, kā thih-ki-lōo buâ im.

# Sim-tsiânn-jī sann-tsảp-sann

Kang-tiûnn thang tsiàu giảp-tsú ê su-kiû, khí kok-sik sì-kak ê hîng.

Tó sī tsū-jiân senn-sîng--ê, buē tsiàu lâng ê ì-tsì lâi tiau hîng.

Tshiânn-ióng gín-á, sī jîn-kang-tó ê kînn, ū kang-tiûnn lâi hîng.

# Sim-tsiânn-jī sann-tsảp-sì

起重機插大樓，無物，空空對天。

筆屭佇咧數簿，無人，關踮車底。

溪平平流落去，無船，就是一日。

# 心情字 35

竹箬騰騰，櫻花葉仔垂垂，竹模開花即
死，櫻花大開紅豔痴迷。石雄成山，碎心
淹水滑溜，溪是破開，池是拈拾，魚仔拍
翶。路狹痕繚亂，路遠意延延，黃昏坐清，
暗夜點燈，天星閃爍，烏啼三聲，竹影若
夢，花蹤何尋。

# 心情字 36

Khí-tāng-ki tshah tuā-lâu, bô mih, khang-khang tuì thinn.

Pit the tī-leh siàu-phōo, bô lâng, kuainn tiàm tshia té.

Khe pênn-pênn lâu--lỏh-khì, bô tsûn, tō sī tsit jit.

# Sim-tsiânn-jī sann-tsảp-gōo

Tik-ham thîng-thîng, ing-hue hiỏh-á suê-suê, tik-bôo khui hue tsik sí, ing-hue tuā khui âng-iām tshi-bê. Tsiỏh hîng tsiânn suann, tshuì-sim im tsuí kủt-liu, khe sī phuà--khui, tî sī khioh-sip, hî-á phah-phún. Lōo ẻh hûn liāu-luān, lōo hīng ì iân-tshiân, hông-hun tsē-tshing, àm-iā tiám ting, thinn-tshinn siám-sih, oo tê sam-sing, tiok-íng jiỏk bōng, hua-tsong hô sîm.

# Sim-tsiânn-jī sann-tsảp-lảk

伊穿的懸踏鞋眞新嬌，
伊倒手捀咖啡蓋有範；
伊巾仔繋甲嬌氣燒烙，
伊共帽仔戴一下歪倒……
這是下早仔！

# 心情字 37

有志！咱佇遮相辭！仝車頭離開，必叉的
線路，你的猛掠是我的頂顛。免煩惱，詩
家己會來，你踮城都，我佇車廂角仔的一
條椅仔，那看景緻那硞硞咧行。仝款的意
志，遙遠的理想，你的衝碰是我的覷鬚，
未來的車頭會共所有的線路箍做伙。有
志！再會！咱後擺再相會！

# 心情字 38

I tshīng--ê kuân-tảh-ê tsin sin-ian,
I tò-tshiú phâng ka-pi kài ū-pān;
I kin-á hâ kah suí-khuì sio-lō,
I kā bō-á tì tsit-ē uai-tó...
Tse sī e-tsái-á!

# Sim-tsiânn-jī sann-tsảp-tshit

Iú-tsì! Lán tī tsia sio-sî! Kāng tshia-thâu
lī-khui, pit-tshe ê suànn-lōo, lí ê mé-liảh
sī guá ê hân-bān. Bián huân-ló, si ka-kī ē
lâi, lí tiàm siânn-too, guá tī tshia-siunn-
kak-á ê tsit liâu í-á, ná khuànn kíng-tì ná
khỏk-khỏk leh kiânn. Kāng-khuán ê ì-tsì,
iâu-uán ê lí-sióng, lí ê tshóng-pōng sī guá
ê bih-tshiu, bī-lâi ê tshia-thâu ē kā sóo-ū ê
suànn-lōo khoo tsò-hué. Iú-tsì! Tsài-huē!
Lán āu-pái tsài siong-huē!

# Sim-tsiânn-jī sann-tsảp-peh

一杯清水，一束花，园刀石仔頂。

一塊墓牌，祀予伊放袂記。

一台管風琴，啞口眞久矣。

遠兜是誰佇咧唱歌咧？

# 心情字 39

石坎仔歇喘，烏肚穩噗噗溜去，貓趖來司奶。

# 心情字 40

Tsit pue tshing-tsuí, tsit sok hue, khǹg to-tsióh-á tíng.

Tsit tè bōng-pâi, tshāi hōo i pàng-buē-kì.

Tsit tâi kuán-hong-khîm, é-káu tsin kú--ah.

Hn̄g-tau sī tsiâ tī-leh tshiùnn-kua--neh?

# Sim-tsiânn-jī sann-tsa̍p-káu

Tsióh-khám-á hioh-tshuán, oo-tóo-bái phók-phók liu--khì, niau sô--lâi sai-nai.

# Sim-tsiânn-jī sì-tsa̍p

十八或五百，羅漢無論幾个，咱攏是大千
世界的一个幻相，毋是無上的統治者。所
致，共性地和內才盡展就好，像我攑筆，
大千是讖想，莫講五百或十八，孤一个的
幻相就寫不盡囉。

# 心情字 41

像鋪排一場無人的會餐，刀仔和攕仔按怎
排，巾仔摺予大範，桌仔對齊，椅仔若花
瓣遐華彩……參詳閣參詳，攕搣再攕搣，
一絲仔失覺察都袂當重耽。

而且，菜單早就排好勢矣。

樓梯的欄杆是幼秀的鑄鐵花草，白翎鷥酒
杯仔拭予清氣通光，倒匼。

萬事齊備，無人的會餐，永遠袂行菜。

干焦直直鋪排、參詳、攕搣，重了重。

# 心情字 42

Tsa̍p-peh hik gōo-pah, lô-hàn bô-lūn kuí ê, lán lóng sī tāi-tshian-sè-kài ê tsit ê huàn-siòng, m̄-sī bû-siōng ê thóng-tī-tsiá. Sóo-tì, kā sìng-tē hām lāi-tsâi tsīn tián tō hó, tshiūnn guá gia̍h pit, tāi-tshian sī hàm-siūnn, mài-kóng gōo-pah hik tsa̍p-peh, koo tsit ê ê huàn-siòng tō siá put-tsīn--looh.

# Sim-tsiânn-jī sì-tsa̍p-it

Tshiūnn phoo-pâi tsit tiûnn bô-lâng ê huē-tshan, to-á hām tshiám-á án-tsuánn pâi, kin-á tsih hōo tuā-pān, toh-á tuì-tsê, í-á ná hue-bān hiah huâ-tshái...tsham-siông koh tsham-siông, tshiâu-tshik tsài tshiâu-tshik, tsi̍t-si-á sit-kak-tshat to buē-tàng tîng-tânn.

Jî-tshiánn, tshài-tuann tsá tō pâi hó-sè--ah.

Lâu-thui ê lân-kan sī iù-siù ê tsù-thih hue-tsháu, pe̍h-līng-si tsiú-pue-á tshit hōo tshing-khì thang-kng, tò-khap.

Bān-sū tsê-pī, bô-lâng ê huē-tshan, íng-uán buē kiânn-tshài.

Kan-na tit-tit phoo-pâi, tsham-siông, tshiâu-tshik, tîng-liáu-tîng.

# Sim-tsiânn-jī sì-tsa̍p-jī

粒積時間，粒積眼神，粒積摒掃，粒積恬
靜。粒積相借問，粒積鳥仔，粒積大欉樹，
粒積敲鐘擂鼓。粒積等待，粒積月圓，粒
積石頭仔路，粒積粒積。粒積貼紙，粒積
樹奶束仔，粒積囡仔時，粒積頭麩。粒積
內山街仔，粒積港路，粒積城都，粒積甌
仔，粒積塗。粒積行，粒積走，粒積頭前，
粒積車票，粒積逐改的旅行。

# 心情字 43

咱逝爾仔衝，定定是毋敢面對家己的崩
敗。毋過，若停落來，煩惱隨時就會椢闊、
倒咬，較輸向前行。橫直，所有的生成終
其尾是死，佇死進前，共跤步伐予開，放
膽衝出去！

# 心情字 44

Liȧp-tsik sî-kan, liȧp-tsik gán-sîn, liȧp-tsik piànn-sàu, liȧp-tsik tiām-tsīng. Liȧp-tsik sio-tsioh-mn̄g, liȧp-tsik tsiáu-á, liȧp-tsik tuā-tsâng-tshiū, liȧp-tsik khau-tsing-luî-kóo. Liȧp-tsik tán-thāi, liȧp-tsik guȧh-înn, liȧp-tsik tsiȯh-thâu-á-lōo, liȧp-tsik liȧp-tsik. Liȧp-tsik tah-tsuá, liȧp-tsik tshiū-ling-sok-á, liȧp-tsik gín-á-sî, liȧp-tsik thâu-phoo. Liȧp-tsik lāi-suann-ke-á, liȧp-tsik káng-lōo, liȧp-tsik siânn-too, liȧp-tsik au-á, liȧp-tsik thôo. Liȧp-tsik kiânn, liȧp-tsik tsáu, liȧp-tsik thâu-tsîng, liȧp-tsik tshia-phiò, liȧp-tsik tȧk-kái ê lí-hîng.

# Sim-tsiânn-jī sì-tsȧp-sann

Lán hiah-nī-á tshiong, tiānn-tiānn sī m̄ kánn bīn-tuì ka-kī ê pang-pāi. M̄-koh, nā thîng--lȯh-lâi, huân-ló suî-sî tō ē hùn-khuah, tò-kā, khah-su hiòng-tsiân kiânn. Huâinn-tit, sóo-ū ê senn-sîng tsiong-kî-bué sī sí, tī sí tsìn-tsîng, kā kha-pōo huȧh hōo khui, pàng tánn tshiong--tshut-khì!

# Sim-tsiânn-jī sì-tsȧp-sì

張持無蝕本？愈張持就愈蝕你的腦神經。

人驚出名？畫做 3D 尪仔踮電動被凌遲。

近廟欺神？景點退偉大在地人看著就睏。

# 心情字 45


山路彎幹，鉸利便走，遛遊雲來。

果子茂發，尻川肥圓，唌人偷挽。

未來是賊，佬現在走，抹記持來。

景緻是結，挍著目睭，跤步鈍慢。

飫厭毋屑，掠毋沓走，促空縫來。

糜滾泏渴，燒氣雺霧，胃暖心安。

# 心情字 46

Tiunn-tî bô sih-pún? Lú Tiunn-tî tō lú sih lí
ê náu-sîn-king.

Lâng kiann tshut-miâ? Uē tsò sam-D-ang-á
tiàm tiān-tōng pī lîng-tî.

Kīn-biō-khi-sîn? Kíng-tiám hiah uí-tāi tsāi-
tē-lâng khuànn--tiòh tō khùn.

Suann-lōo uan-uat, ka lī-piān tsáu, liù iû-
ûn lâi.

Kué-tsí bōo-huat, kha-tshng puî-înn, siânn
lâng thau bán.

Bī-lâi sī tshàt, láu hiān-tsāi tsáu, tu kì-tî lâi.

Kíng-tì sī kat, tau-tiòh bàk-tsiu, kha-pōo
tūn-bān.

Uì-iâ m̄-sap, liàh m̄-tàp tsáu, tshik khang-
phāng lâi.

Muâi kún ám at, sio-khì bông-bū, uī luán
sim an.

躟躇氣當穩，閤踏三步揣看覓，美麗新世界。

＃心情字 47

日和夜
來相會
伴黃昏
袂失禮
照起工
工出頭
土無底
十字路
來相會
青交紅
規腹火
出代誌
佗位揣
眞歹勢
說再會
天佮地
不再回

＃心情字 48

Tiû-tû khuì tng bái, koh tảh sann-pōo
tshuē khuànn-māi, bí-lē sin-sè-kài.

# Sim-tsiânn-jī sì-tsảp-tshit


Jit hām iā
Lâi siong-huē
Phuānn hông-hun
Buē sit-lé
Tsiàu-khí-kang
Kang tshut-thâu
Thóo bô té
Sip-jī-lōo
Lâi siong-huē
Tshenn kiau âng
Kui pak hué
Tshut tāi-tsì
Tó-uī tshuē
Tsin pháinn-sè
Sueh tsài-huē
Thinn kah tē
Put-tsài huê

# Sim-tsiânn-jī sì-tsảp-peh

就欲上台矣，雖罔佇台跤餾甲麻痹，演員
猶原會閣練一擺，一擺閣一擺，直直到舞
台的光拍開，像水櫥仔，魚自然泅入去，
框佇玻璃內底，擛尾。

#心情字 49

Tō beh tsiūnn-tâi--ah, sui-bóng tī tâi-kha liū kah bâ-pì, ián-uân iu-guân ē koh liān tsit pái, tsit pái koh tsit pái, tit-tit kàu bú-tâi ê kng phah--khui, tshiūnn tsuí-tû-á, hî tsū-jiân siû--jip-khì, khing tī po-lê lāi-té, iàt bué.

# Sim-tsiânn-jī sì-tsàp-káu

我就欲來去

# 後錄
## Āu-lio̍k

十七歲起蒂我攑筆來寫詩，踮紙面遨遨輾，傍文字消敨我的心情，這條文學的路彎幹來行，有時緊，定定是趄，嘛捌斷去，橫直，就是堅心行落去。

就按呢來到四十歲，出是出兩本詩集矣，見若落筆寫詩，就是感覺略略仔礙虐：意思袂透機，字句硬掙，喙口無利便，我的詩句和我的心啊！就是無法度全然對同。

仝款上冊不惑這時，我蹽落去推展台語，共該當的爸母話講轉來，華轉台改換書寫系統，像轉去十七歲青春時，用詩來拍開文學的門路。扙起步的澀氣和艱難是四常，嘛母知終其尾會成做啥物形，堅心寫落去就是。

自按呢愈寫愈順、那寫那濟，按 2014 年年尾到 2019 年規多，從到今料想袂著，煞粒積做一本冊的額。我勻仔整理勻仔倒絞來想，較早的華語詩是鬱卒蹺蹊較濟，現此時咱欲來出新時代的台語詩囉，就愛來改換氣味，用樂暢

順耳的歌詩攑頭旗。

　　共規本冊的冊底巡了閣再巡，予我上蓋輕鬆清心的是：我就欲來去，冊名就按呢生來決。

　　這本詩集通來出版，真多謝濟濟的有志，無論是審定建議、編輯校對、配音配樂、畫圖設計、推薦宣傳……順聰是真感心。

　　《我就欲來去》共五年額的詩敆做伙，嘛是順聰頭一本台語詩集，是我對台文詩（Tâi-bûn-si）的鑿雕、實驗和楦闊。有三大類，分三大章，嘛是三款形式：


　　十四逝詩（Tsàp-sì-tsuā-si）：是我佇咧翻譯英語詩的過程中，發現 Shakespeare 彼 Sonnet 的氣味參台語真成，就那翻那唸那共彼氣口盤入去我的創作，順彼聲說來

鋪排，予情愛綿綿，感慨透流，悲傷無底。逐首詩十四逝，計共十四首詩，詩無號名，憑頭就是一首十四逝詩。

自由詩（Tsū-iû-si）：較時行的講法是「新詩」。詩逝欲扯由在人，掠葩無限制，字跤的韻通押嘛會當莫押，共鬥句的束縛敨開，啥款主題、風格、聲韻攏通入來，自由自在，華彩盡展。

心情字（Sim-tsiânn-jī）：2019年十一月初一透早，我一个人坐車去機場，彼時天猶未光，我人眠眠，想欲寫寡物件，眼著窗仔外的滓雲，這散文詩的穎就來發。紲落來，自桃園機場飛到福岡市，按九州的小倉城、門司港咖哩、下關赤間神宮，坐新幹線串過本州的山陽道，參訪廣島原爆和岡山後樂園，閣踅去嚴島神社、岩國錦帶橋、山城尾道和倉敷的水路白牆……按呢八工貼貼，隨時行踏隨時攑手機仔落心情字，我，是寫台文詩的松尾芭蕉。

這三章的三款形式，有三種無仝的鋩角：十四逝詩著一逝一逝，自由詩是一橛一橛，心情字一葩一葩。

　　台語是我落塗時頭先聽著，嘛是唯一的言語。用母語來寫詩，礙虐無去矣，艱難無去矣，心思和文字是遐爾仔鬥搭，上深的感情就來霧出來，予我眞眞正正揣著我家己的聲音。

　　感謝天公伯仔，賜予咱歌詩、目屎和幸福。


2021.09.13

**國家圖書館出版品預行編目 (CIP) 資料**

我就欲來去 / 鄭順聰作 . -- 初版 . --
臺北市：前衛出版社，2021.11
　面；　公分
ISBN 978-957-801-995-9( 平裝 )

863.51　　　　　　　　　110017382

# 我就欲來去
## Guá tō beh lâi-khì    鄭順聰詩集

| | |
|---|---|
| 作　　　者 | 鄭順聰 |
| 責任編輯 | 鄭清鴻 |
| 美術編輯 | 烏石設計 |
| 台文審定 | 李勤岸 |
| 台文校對 | 董育儒 |
| 插　　　畫 | hui |
| 唸　　　讀 | MC JJ、郭雅瑂、曾偉旻、黃靜雅<br>葉又菁、鄭家和、穆宣名（按筆劃排列） |
| 有聲統籌 | 余欣蓓 |
| 音效配樂 | 林奕辰、余政憲 |
| 有聲製作 | 心陪有聲、杰瑞音樂 |
| 出版贊助 | 文化部語言友善環境及創作應用補助 |

出　版　者　前衛出版社
　　　　　　地址：10468 台北市中山區農安街 153 號 4 樓之 3
　　　　　　電話：02-25865708 ｜ 傳眞：02-25863758
　　　　　　郵撥帳號：05625551
　　　　　　購書‧業務信箱：a4791@ms15.hinet.net
　　　　　　投稿‧代理信箱：avanguardbook@gmail.com
　　　　　　官方網站：http://www.avanguard.com.tw

出版總監　林文欽
法律顧問　陽光百合律師事務所
總經銷　　紅螞蟻圖書有限公司
　　　　　　地址：11494 台北市內湖區舊宗路二段 121 巷 19 號
　　　　　　電話：02-27953656 ｜ 傳眞：02-27954100

出版日期　2021 年 11 月初版一刷
定　　　價　新台幣 320 元

＊請上「前衛出版社」臉書專頁按讚，獲得更多書籍、活動資訊
http://www.facebook.com/AVANGUARDTaiwan